꿈에
찾아와 줘

그림 권아림

글 박송주

꿈에

찾아와 줘

책봇 edisco

들어가며

『꿈에 찾아와 줘』, 〈일러스트 마이크로 픽션〉은 부제에서 알 수 있듯 일러스트와 마이크로 픽션으로 이루어져 있습니다. 마이크로 픽션은 몇 백 단어 안에서 쓰이는 매우 짧은 소설을 일컫는 말입니다. 이 책에 실린 소설은 마이크로라고 하기에는 조금 긴 소설도 있습니다. 그러나 기존 한국 단편 소설에 비해서는 짧은 분량이며, 독자가 실제로 체험하는 시간을 상정한다면 마이크로 픽션이라는 이름을 붙여도 괜찮겠다고 생각했습니다.

시간적으로 권아림 작가의 일러스트가 먼저 작업되었고, 이후 박송주 작가가 일러스트를 본 후 이야기를 만들었습니다. 그렇게 모아진 일러스트 마이크로 픽션을 3부로 나누었습니다.

1부는 2020년 현재의 우리처럼, 변화에 직면한 사람들의 이야기입니다. 2020년 초, 코로나 바이러스(COVID-19)가 우리 삶에 들이닥쳤습니다. 전문가들은 우리가 예전으로 돌아갈 수 없을 것이라고 말합니다. 마스크가 없이는 밖에 나갈 수 없으며, 누군가를 만나 식사를 하거나 차를 마시는 일상적인 일마저 어려워졌습니다. 마스크를 벗고 환하게 웃거나 대화를 하는 일이 우리 모두의 소망이 되었죠. 1부는 갑자기 밀어닥친 변화 앞에서 흔들리고 당황하면서도 불안한 마음을 추스르려 애쓰는 사람들의 이야기입니다.

2부는 상실에 대한 이야기입니다. 변화는 상실을 동반할 수밖에 없습니다. 상실을 받아들이기 위해서는 시간이 필요합니다. 2부에서는 바로 상실의 시간을 보내는 사람들이 주인공입니다. 조금 쓸쓸한 이야기일 수 있지만, 서로의 상황을 바라봐 주고 공감하는 것만으로도 위안을 얻을 수 있으리라 생각합니다.

3부는 변화와 상실 앞에서 우리가 잊어버린 것과 그럼에도 잊지 말아야 할 것에 대한 이야기입니다. 우리가 직면한 상황이 예기치 못한 사태로 흘러가고, 그래서 미래를 기약할 수도 희망을 품을 수도 없는 것처럼 보이지만, 그럼에도 우리는 현재를 살아가야만 합니다. 3부는 현재의 우리가 어떤 태도를 가지고 오늘을 살아야 할지 생각해 볼 수 있는 이야기를 담았습니다.

권아림, 박송주의『꿈에 찾아와 줘』,〈일러스트 마이크로 픽션〉은 짧지만 긴 여운을 주는 책이길 희망합니다. 이 책을 펼친 분들에게 작은 위로와 희망이 깃들기를 바랍니다.

차례

1부

시간의 미래

1. 닿지 않는 계절

Rainy Summer

중학교에 올라간 첫 해 여름이었습니다. 저와 가족들은 사람들과 어울려 해수욕을 하고, 파라솔 그늘에 들어가 휴식을 취했습니다. 해가 지면 숙소에 들어가 잠이 들었고 다음날 또다시 여름을 즐겼습니다. 여름휴가는 항상 그런 식이었으므로 그렇게 여름을 보내는 것이 그다지 소중한 줄 몰랐습니다.

그 후 다시는 그런 여름을 경험할 수 없었습니다. 전염병이 돌았고 지독한 홍수가 있었습니다. 바다에 갈 수 없었어요. 사람들과 모여 있는 일은 위험한 일이었거든요. 다음 해에는 갈 수 있으리라 생각했지만 그러지 못했죠⋯⋯.

우리는 마스크를 끼고 밖에 나가야 했으며, 서로의 얼굴을 보며 크게 웃는 일에 죄책감을 느껴야 했어요. 자연이 우리를 향해 성을 내는 것 같았어요. 폭우가 쏟아져 이재민이 늘었고, 홍수 피해로 죽은 사람도 많았습니다. 겨울이 춥지 않아 농작물은 영글지 못했고, 겨울이 사라진 대륙에선 곤충들이 창궐해 들판을 휩쓸고 다녔어요.

지금, 당신이 있는 그곳은 어떤가요. 여름에는 모두 바다에 가나요. 파라솔을 펴고 그 아래에서 음료수를 마시며 휴가를 보낼 수 있게 되었나요. 검게 그을린 어깨와 팔의

벗겨진 피부를 떼어 내며 인상을 찌푸리나요. 어떤 방식으로 태양을 즐기나요. 서로를 보고 웃으며 마냥 즐거운, 그런 시간을 회복했나요. 제가 묘사하는 계절에 대해 잘 알고 있나요? 아니면, 너무 생소하기만 한가요.

백 년 후의 당신들은 제 편지를 읽고 어떤 기분이 들까요. 저는 병에 걸렸고 제게 시간이 별로 남지 않았다는 이야기를 들었어요. 아직 스무 살도 되지 않았지만, 제 편지가 타임캡슐에 담기로 결정된 후, 저는 제가 없는 미래에 대해 생각해 보았습니다. 어쩌면 미래는 제가 생각한 것보다 훨씬 괜찮을지도 모르잖아요. 꼭 그렇게 되었으면 좋겠습니다.

부디 사람들이 무사히 살아남아, 제 편지를 읽으며 과거 일들에 대해 서로 얼굴을 마주보며 안도의 웃음을 지을 수 있기를 바랍니다. 이 편지를 읽을 수 있다면 인류는 살아 있다는 것이겠죠.

제 편지를 읽을, 미래의 누군가가 있기를 바라며.

2020년의 앤으로부터

2. 서울 침공

Old Town

지구에서도 서울이 우리의 타깃이었습니다. 선발대가 미리 들어가 우리 종족이 이주하기 쉬운 기후가 되면 신호를 주기로 했습니다. 허나, 신호는 오지 않았습니다.

지구 시간으로 이십 년이 흐른 뒤, 우리는 선발대가 사로잡혀 포로가 되었다고 판단했습니다. 두려웠습니다. 우리 별과 종족에 대한 정보가 새어 나갔을까 봐요. 우리는 결정했습니다. 선발대를 구하기 위해 지구로 가기로요.

* * *

지구의 기술이 그렇게 빨리 발전했으리라곤 상상도 못했습니다. 최첨단 레이더망을 피하기 위해 온갖 지혜와 기술을 짜내야 했습니다. 러시아의 미사일에 격추될 뻔도 했습니다. 휴······.

우리의 비행선은 겨우 시베리아 동토에 내려앉았습니다. 그러나 비행선이 착륙하자마자 죽을힘을 다해 그곳을 빠져나와야 했습니다. 러시아 군인들이 근처까지 추격해 오고 있었기 때문입니다.

시베리아에서 서울까지 긴 여정이었습니다. 그 과정에서 추위에 적응하지 못한 팀원 네 명이 죽었습니다. 저와 대

원 한 명만 살아남았죠. 비행선도 빼앗겼고, 우리 별로 신
호를 보낼 장비도 없었습니다. 선택의 여지가 없었죠. 우
리는 반드시 서울로 가야만 했습니다. 돈을 훔치고, 차를
얻어 타고, 노숙을 하며 겨우 서울에 다다랐습니다.

때는 5월이었습니다. 따뜻한 서울에 도착했을 때 저와
대원은 얼싸안고 울음을 터트렸습니다. 고향에 온 것처
럼 기뻤습니다. 마침내 선발대 중 살아남은 요원을 만났
을 때 우리는 깜짝 놀랐습니다. 그는 이미 우리 종족이 아
니었습니다. 그의 몸에선 푸른 오로라를 뿜어내던 젊음
을 찾아볼 수 없었습니다. 피부는 지구의 기후에 완벽히
적응한 상태였고 어깨도 지구인처럼 좁아져 있었습니다.

「왜 신호를 보내지 않으셨습니까? 얼마나 오래 기다렸는
지 아십니까? 도대체 무슨 일이 벌어진 겁니까?」

「일주일만 여기에서 살아 보면 너도 알 거야. 이곳은 침공
이 불가능해.」

그는 뒤돌아 아파트를 바라보고는 다시 우리에게 말했
습니다.

「우리가 이곳을 침공하려고 마음먹었던 것처럼, 다른 종

족도 마찬가지였어. 이 아파트의 주인들이 서울 시민이라고 생각해? 이미 훨씬 영리한 방식으로 지구로 들어온 자들이야. 그들은 우리처럼 뒤늦게 들어온 종족들에게 돈을 빌려주고 아파트를 원하고 자동차를 사도록 만들었지. 서울의 욕망은 황홀하고도 끔찍해. 어떤 종족이 서울을 장악하러 들어온다고 해도 모두 그 욕망에 굴복하게 되어 있다고.」

함께 온 대원이 울분을 터트리며 물었습니다.

「대체 무슨 소리를 하고 계신 겁니까!」

「난 서울 시민이 될 거야. 여기서 아파트를 욕망하면서 살 거야.」

「배신자! 그 놈의 아파트가 도대체 뭔데!」

화가 났습니다. 주먹을 불끈 쥐고 머리통을 부숴 버릴 것처럼 그를 노려보았습니다. 그는 아무래도 상관없다는 얼굴이었습니다.

「욕망을 이기기 위해서는 더 강력한 욕망이 움직여야 하지. 하지만 우리 종족은 이들의 욕망을 당해 낼 수 없어.

이 싸움에서 이겨 낼 수 없다고. 이제 알겠어? 우리가 가져온 통신 장비를 가지고 나는 천문 동호회 사람들과 만나서 이야기를 나눠. 그게 내 유일한 취미야. 하지만 그걸 원하면 줄게. 그건 별로 중요한 게 아니야.」

그는 자신이 세 들어 사는 아파트 옆 상가 옥탑방을 향해 걸어갔습니다.

「서울 시민이 되어서 좋습니까?」

그의 등 뒤에 대고 대원이 소리를 쳤습니다. 그가 뒤돌아보며 말했습니다.

「아니, 난 아직 서울 시민이 아니야. 곧 될 수 있겠지. 그럴 거야, 반드시.」

그는 다시 뒤돌아 자신의 집으로 향했습니다. 대원과 저는 얼이 빠진 채 잠시 그 자리에 서 있었습니다. 우리는 사라져 가는 그의 뒤를 따라 걷기 시작했습니다.

3. 본질에 대하여

Eggplant Man

「네가 보라색이 되어 가는구나. 여름이구나. 여름이야.」

초여름이 시작되면 어머니는 언제나 제 몸을 살피기 시작해요. 그러면 저는 거울로 달려가 제 얼굴과 몸을 훑어봐요. 제 얼굴과 목덜미로 보라색이 엷게 퍼져 있죠. 6월 초 그런 제 상태는 그리 나쁘지 않아요. 라일락꽃처럼 은은한 색깔이 피부 안에서부터 올라오고, 괜찮은 향기도 나거든요. 조금 아픈 사람 같긴 하지만, 나름 견딜 만해요.

벌써 7년째에 접어들어요. 여름만 되면 가지로 변하기 시작한 지. 저는 이런 제 모습에 적응해 가고 있어요.

7월이 되면 제 몸은 점점 더 색깔이 짙어져요. 모두가 저를 쳐다보죠. 그 시선 때문일까요. 제 몸은 더욱더 강렬한 보라색을 띠고, 몸은 전반적으로 둥글게 부풀죠. 머리에는 꼭지가 자라나요. 맞아요! 당신이 아는 바로 그 검정색 꼭지요. 멀리서 보면 검은색의 큰 모자를 썼다고 생각할 수도 있겠지만, 둥근 보라색 몸뚱이는 어쩔 수가 없어요. 너무, 튀어요.

제가 완연한 가지가 되면 여름도 완전히 무르익었다고 생각하면 돼요. 그런 때 산책을 나가면 강아지나 고양이들이 제게 달려들어요. 사각, 몸을 물어뜯을 때도 있고요. 콩콩하고 제 몸에 부딪히기도 해요. 아프진 않아요. 그저 저 아이들도 내가 궁금하구나, 생각하죠. 저는 언제나 제 본질을 의심받는 존재거든요. 동물들의 행동이 저를 상처 주진 않아요. 상처를 주는 쪽은 언제나 사람이죠.

그래도 제가 보기 좋은 가지의 모습일 때는 사람들도 제법 관대해요. 제가 가지로 변했다는 사실을 동정하지 저를 혐오하거나 때리진 않거든요. 문제는 여름이 끝날 무렵이에요.

머리 위 꼭지가 떨어져 나가면, 그 이후로는 밖에 나갈 수 없어요. 몸이 쪼글쪼글해지기 시작하거든요. 온몸에 수분이 빠져나가고 간지러워요. 견딜 수 없어서 긁기 시작하면 하얀색 속살이 드러나고, 검은 씨앗들이 박혀 있는 모습이 두드러져요. 흉한 모습이죠.

여름의 끝엔 제 몸을 보면서, 생명체의 죽음은 이런 모습이겠구나 생각해요. 수분이 빠져나가고 탄탄히 생명을 이루던 것들의 결합이 느슨해지는 거죠. 느슨해진 것 사이로 무언가가 빠져나가면, 몸에서 냄새도 나요. 썩어 가는 냄새요. 그럴 때면 하루 종일 샤워를 해도 소용이 없어요.

몸에서 가지의 살이 완전히 떨어져 나갈 때까지 기다려야 해요.

도저히 견딜 수 없을 즈음 가을이 되죠. 이젠 죽어야겠어, 결심하면 그 다음날 새벽 공기가 차요. 제 몸은 어느 사이 인간의 몸이 되어 있죠. 그 기분이 너무 상쾌해서, 저는 〈아, 너무 좋아, 너무.〉 하고 제 팔과 등을 어루만져요. 몸도 가볍고, 기분 좋은 느낌에 하루 종일 밖을 돌아다녀요.

가지의 외연을 벗었다는 사실에 감사하며 겨울을 보내지만, 봄이 되면 다시 걱정이 몰려와요. 잘 견뎌 낼 수 있다는 걸 알면서도, 늦여름의 공포를 지울 순 없거든요. 하지만 저는 벌써 이렇게 칠 년을 보내고 있어요. 늦여름의 고통은 그래도 견딜 만한 것이었어요. 제가 겪는 신체의 고통은 문제가 아니에요.

* * *

어떤 사람들은 말해요. 제가 이렇게까지 이상한 존재로 살아가고 있는 걸 상상조차 할 수 없다고. 자기라면 차라리 죽어 버렸을 거란 말도 서슴지 않죠. 저를 언제나 똑같이 대하는 사람이 있고 제가 변할 때마다 시시각각 다르게 대하는 사람이 있어요. 사람들은 언제나 자신이 타인을 평가하는 위치에 있다고 생각하지만, 그 순간 자신도 평가받고 있다는 사실을 잊어버리죠. 특히 저처럼 이상하고 특이한 존재 앞에서는 더더욱요. 사람들은 자신이 안전하고 정상적이며 꽤 괜찮은 사람이라는 걸 확인하고 싶어 할 때마다 저 같은 대상을 떠올리나 봐요.

* * *

칠 년 동안 사람들이 저를 대하는 것을 보고 이런 결론에 이르렀어요. 문제는 저의 본질이 아니라는 것이죠. 저 같은 사람은 오히려 매개가 되는 거죠. 저를 마주하면 사람들의 본질이 드러나요. 자신이 궁금하세요? 그렇다면 저를 보세요. 그리고 당신의 입에서 나오는 그 말을 들어 보세요. 그게 당신입니다.

이렇게 이야기를 할 수 있어서 좋네요. 들어 줘서 고마워요. 당신은 누군가의 이야기를 가만히 들을 수 있는 그런 본질을 가지고 계신 거겠죠. 그게 얼마나 큰 미덕인지 아시나요? 덕분에 저는 세상에서 사라지지 않고 존재할 수 있거든요. 감사합니다.

4. 그런 기분

Latte Recipe

오늘이다. 나 스스로를 말살하고 파괴해 버릴 날.

오늘로 정했다. 나는 곧 깨져 버릴 것이다.

삼 년 전에 나를 산 남자는 거의 매일 나를 사용하였다.
검은색의 냄새나는 둥그런 열매를 갈아, 내 위에 같잖은
깔때기를 얹고 물을 내렸다.

처음에는 그럭저럭 생활에 적응하려고 했다. 나는 잠자코
그 물을 받아 냈다. 인간을 위해 검은 열매 물을 받아 주
는 것, 그것이 내게 주어진 운명이라 생각하며.

이 년 전부터였나? 더 이상은 견딜 수가 없었다. 지겨웠다.
이유를 설명할 수 없는 권태였다. 지루했고, 무엇보다 매
일 몸이 뜨거워지는 고통을 견디는 그 일을 그만두고 싶
었던 것이다.

그런 나를 보며 황동색 커피 주전자는 자주 비웃었다.

「너는 다른 존재가 될 수 없어. 도대체 뭐가 불만이야? 퍽
하고 깨진다고 좋을 게 뭐야? 그렇게라도 쓰이는 걸 감사
하게 여기며 살란 말이야.」

나는 그를 경멸한다. 자신과 내가 어울리지 않는다며 툴툴거리는 상대를 좋아할 재간이 없지 않은가.

「그렇게까지 말할 건 없잖아. 드립 서버로 태어났지만 그 일을 싫어할 수도 있잖아. 매일 뜨거운 물을 견디는 일도 쉽지 않을 거야.」

조금 전에 냉장고에서 빠져나온 우유팩이 내 편을 들어 주었다.

「흥, 곧 쓰레기통에 처박힐 아이구나.」

커피 주전자의 말에 우유팩은 입을 다물었다. 커피 잔도 언제나처럼 말이 없었다.

나는 몸을 부르르 떨었다. 그러자, 내 몸이 테이블 위의 물기에 의해 조금 미끄러졌다. 남자는 재빨리 나를 테이블 안으로 밀어 넣었다.

「나를 놔, 나를 포기하라고. 빌어먹을 인간아.」

내 맘을 알 리 없는 남자는 평소처럼 다시 내 머리 위에 깔때기를 얹고 검은 열매 가루를 채우고는 뜨거운 물을 흘려보냈다. 불쾌감이 올라왔다.

검은 물이 내 몸에 알맞게 차자, 남자는 커피 잔에 검은 물을 부었다. 그리고 남자가 나를 싱크대로 데려갔다. 기회다! 나는 싱크대 아래 바닥으로 몸을 던질 준비를 했다. 그 찰나,

퍽.

커피 잔이 테이블 아래로 떨어져 깨졌다. 남자는 나를 싱크대 안에 내려놓고는 커피 잔의 잔해 곁으로 급히 달려갔다.

〈나도 사라지고 싶어.〉

그러고 보니 희미하게 커피 잔이 그런 말을 했던 것도 같다.

「네가 없어지는 건 상상도 못했는데.」

황동 주전자가 덜걱거렸다. 주전자는 갑작스런 커피 잔의 죽음에 충격을 받은 듯 비틀거리다 테이블 아래로 추락했다.

뜨거운 물이 발에 튀자 남자가 비명을 지르며 벌떡 뛰어올랐다. 손으로 우유팩을 치는 바람에 우유도 바닥으로 쏟아졌고, 남자는 커피 잔의 깨진 조각을 밟고 말았다. 금세

붉은 피가 바닥에 묻어났다.

「되는 일이 없다, 되는 일이.」

남자는 절뚝이며 거실로 나갔다.

뚜껑이 열린 채 옆으로 누운 황동 주전자가 말했다.

「너희들의 기분을 이제 이해했어. 이런 기분이었군. 한 번이라도 너희들을 이해하려고 노력해 볼 걸.」

나는 어리둥절했다. 모두가 나의 기분을 이해하고, 커피잔이 나의 소망을 실현해 버리자 갑자기 내가 바라고 원하던 것이 꼭 저런 것만은 아니었다는 데 생각이 미쳤다.

어느새 주방으로 온 남자가 바닥을 치우고 있었다. 삼 년을 매일같이 나를 꺼내 검은 물을 채우던 남자에게는 시간이 필요할 것이다. 나조차 깨져 버리면, 남자마저 나의 이런 기분이 되어 버릴까 겁이 났다. 나는 소멸의 날을 조금 미루기로 했다.

싱크대 안에서 내 몸이 조금씩 식어 가고 있다.

5. 인턴입니다

Office

인사 담당자가 다섯 마리 양들을 데리고 사무실로 들어왔을 때, 우리는 기절 직전이었다. 그가 난감한 얼굴로 말했다.

「정말 죄송합니다만, 이들이 인턴입니다.」

「무슨 말이야? 인턴을 데리고 오라니까!」

부장이 소리를 질렀다. 검은 양 하나가 그 소리에 놀라, 두어 걸음 뒷걸음질 쳤다. 나머지 네 마리는 굳건히 자리를 지켰다. 오히려 호기심 어린 눈으로 사무실에 앉아 있는 사람들을 바라보고 있었다. 귀를 파르르 떨거나, 책상 다리의 냄새를 맡기도 하면서.

「어제 방사선실 견학을 하다 갇혔고, 오늘 아침에 발견되었을 땐 이 상태였답니다.」

사무실 안 사람들이 한꺼번에 실소를 터트렸다.

「그게 지금 말이 된다고 생각하나? 인턴들이 양이 되었다고?」

「CCTV에 고스란히 녹화가 되었답니다. 방사선실 밖에서 문이 잠기는 바람에, 밤새 방사선에 노출되었고 점점 양으로 변했습니다. 제가 조금 전에 영상을 메일로 보내드렸습니다. 확인해 보십시오.」

부장이 주머니에서 휴대전화를 꺼내 영상을 살펴보았다. 방사선실에 갇힌 인턴들은 문을 열지 못한 채 그곳에 주저앉아 있었다. 부장은 손가락으로 타임랩스를 뒤로 넘겼다. 쭈그려 앉아 있던 인턴들의 몸이 배배 꼬였고, 관절의 모양이 기묘하게 꺾이더니 마침내 양으로 변해 버렸다.

부장이 놀란 얼굴로 소리쳤다.

「그럼 당장 병원으로 데리고 가야지!」

「회사 법규에 사고가 있을 시 병원 이송 전 선보고가 이루어져야 한다는 규정이 있어서요.」

부장이 손을 휘휘 저으며 말했다.

「됐어. 나가 봐 당장.」

인사 담당자는 땀을 닦으며 대답했다.

「문제가 또 있습니다. 이 양들은 우리 인턴인데, 계약이 되어 있거든요. 회사 측 실수인데, 어떻게 해야 할까요?」

「일단 데리고 나가라니까. 여기 있다고 문제가 해결돼? 방사선실로 다시 데리고 가든가.」

인사 담당자는 꾹 참으며 짧은 한숨을 내뱉고 대답했다.

「방사선 기사들이 난리가 났습니다. 설계자를 잡아 오라 면서 시위를 하고 난리가 났다고요. 그 사람들 입을 막느 라고 지금 정신이 없습니다. 그리고, 이 애들을 데리고 대 체 어딜 갑니까? 병원? 아니면 연구소? 저라고 어디 연락 을 안 해봤겠습니까? 다 미친놈 취급을 한다니까요. 다른 것보다요, 이 기계는 절대 병원에 팔아선 안 됩니다.」

「무슨 소리야. 오늘 기계 들어가는 날인데. 회사 망하게 할 일 있어? 그게 얼마짜리 계약인데!」

「인턴들을 보고도 그런 말이 나옵니까? 당장 막아 주십 시오!」

다른 직원 하나가 급히 부장에게 달려와 속닥거렸다.

「회사 로비에 부모들이 찾아와 있습니다. 경찰도 왔어요. 인턴들이 집에 들어오지 않았다고 신고를 했답니다.」

「그럼 데리고 나가서 그 부모들한테 돌려줘.」

「네? 이 상태로요?」

부장이 버럭 소리를 질렀다.

「우린 사람이랑 계약했지, 그딴 양이랑 계약한 게 아니잖아. 빨리 그것들 데리고 나가!」

인사 담당자가 안경을 벗더니 얼굴을 손으로 문질렀다. 그러고는 갑자기 들고 있던 아이패드를 바닥에 집어던졌다. 이어서 가방 안에 넣어 두었던 각종 서류를 신경질적으로 부장 앞에 내던졌다.

「왜 항상 일이 생기면 발을 빼십니까? 책임자들이 왜 책임을 안 지냐고요!」

「별 미친놈을 다 보겠네. 여기! 경비원 불러! 얼른!」

직원들은 수군거리기만 했고, 그중 누군가는 휴대전화를 켜고 그 모습을 찍고 있었다.

「경찰입니다!」

사무실 문이 활짝 열리고 경찰 두 명이 안으로 성큼 들어 왔다.

그 소리에 인사 담당자와 부장이 다섯 마리 양을 사무실 한가운데로 밀어 넣었다. 이제껏 조용하던 양들이 메에, 하고 울음을 터트렸다.

「부모님들의 신고가 있어서요. 이 회사 인턴으로 일하고 있는 분들이 모두 귀가를 하지 않았다고 합니다만.」

그렇게 말한 경찰은 사무실 안에 있는 다섯 마리 양들을 보고 놀란 얼굴로 물었다.

「저게 뭐죠?」

양들은 사무실 여기저기로 흩어져 있었다. 사무실 한 쪽에 세워 둔 키 큰 화분에 관심을 보이거나, 자리를 비운 직원의 책상 아래 들어가 주저앉아 있기도 했다.

「저, 저들이…….」

인사 담당자가 말을 하려는 순간, 부장이 소리쳤다.

「인턴들이 어디에 있는지 수소문해서 곧 알려드리겠습니다.」

그때 책상 위 종이가 바닥에 떨어졌다. 양 두 마리가 잠깐 멈칫하다가 종이 근처로 다가갔다. 풀을 씹듯 종이를 먹는 양에게 직원이 소리쳤다.

「넌 양이잖아. 염소도 아닌 게 왜 종이를 먹어!」

「김 대리! 그거 계약서 아니야?」

김 대리가 비명을 질렀다. 그 소리에 놀란 세 마리 양들이 열린 부장실로 뛰어 들어갔다. 부장이 소리를 질렀다.

「저 인턴들 내 방에 못 들어가게 해!」

경찰과 그 뒤에 선 부모들이 소리쳤다.

「인턴이요? 우리 아이 여기 있죠?」

직원 두 사람이 부모들 앞을 막아섰다. 부모들과 직원들 사이에 몸싸움이 일었다. 나머지 양들은 사무실 안을 이리저리 뛰어다니고 있었다. 직원들이 비명을 질렀고, 놀란 양이 더욱 날뛰는 통에 사무실은 난장판이 되었다.

「저 안을 좀 확인해야겠습니다.」

경찰이 부장실 안으로 향했다.

「아니 거긴 왜 들어가십니까? 이 빌어먹을 양들, 내 방에서 나가!」

부장이 다급하게 경찰의 뒤를 따라 들어가, 양들을 방에서 쫓아냈다. 인사 관계자는 다섯 마리 양들을 달래 한곳으로 몰아넣고는 부모들을 향해 돌아섰다.

「여기 다섯 마리의 양이, 바로 인턴입니다.」

사무실 입구에 서 있던 부모들이 실소를 터트렸다.

그때, 양 한 마리가 사무실 입구에 서 있던 부모에게 다가
갔다.

「이 양이 왜 우리 애 목걸이를 하고 있어? 목걸이 내놔!」

그가 양의 목에서 목걸이를 잡아뗐다. 그러고는 목걸이와
양을 번갈아 바라보다가, 미간을 찌푸렸다.

「설마……?」

발아래 서 있던 양이 그의 발에 몸을 부비기 시작했다. 나
머지 양들도 하나 둘, 입구에 선 부모들에게로 다가가고
있었다.

6. 변호사, 은퇴하다

The Death of Cake

남자는 크게 낙담했다. 자신의 은퇴 파티에서 그동안 고생을 한 아내에게 선사할 고급 케이크를 떨어뜨리고 만 것이다.

광대가 말했다.

「첫 순서가 케이크 절단과 반지 발견이었는데 그건 틀렸네요. 이 케이크 안에 있던 반지를 꺼내서 다시 반지 케이스 안에 넣죠. 반지라도 줘야지요.」

「반지는, 없소.」

남자가 우물거리다 대답했다.

「반지가 케이크 안에 있을 거라고 하지 않았어요?」

광대가 되묻자, 남자가 대답했다.

「사실은, 다른 곳으로 가버렸어요. 대신 반지가 들어 있지 않은 케이크가 여기로 왔죠.」

남자의 동생이 물었다.

「반지가 든 케이크는 대체 어디로 갔는데요? 형, 설마 다른 여자에게 보낸 거예요?」

「나도 이렇게 될 줄 몰랐어! 케이크 집에서 실수한 거라고!」

광대가 한숨을 길게 내쉬며 말했다.

「케이크가 떨어지지 않았다면 그것조차 몰랐겠네요.」

남자의 동생이 물었다.

「이젠 어떻게 하죠? 형수님에게 줄 선물이 아무것도 없으니.」

남자가 고개를 숙인 채 말했다.

「더 큰 문제가 생겼어. 그 여자가 이리로 오고 있어.」

「그 여자가 여길 어떻게 알고요?」

「케이크 집에 가서 물어봤대. 반지가 든 케이크를 받고 좋아하다가 뭔가 이상하다는 걸 알아차린 거지. 그 반지를 돌려주겠대.」

남자의 동생이 형을 물끄러미 바라봤다.

「지금이라도 사람들을 돌려보낼까요?」

남자가 한참을 가만히 있다가 대답했다.

「놔둬. 다들 인생에 처음 보는 구경을 하겠지.」

「형! 그럼 형수가 사람들 앞에서 망신을 당하잖아요! 어떻게 그렇게 매사에 생각이 없어요?」

남자는 또 입을 다물었다. 밖에서는 딸들이 어서 나오라고 소리를 치고 있었다.

광대가 말했다.

「모든 게 쇼처럼 보이도록 제가 만들어 보죠.」

「그래요. 일단 나갑시다.」

광대와 남자의 동생이 무대로 나가려는 순간, 남자가 뒷문으로 도망쳐 버렸다.

「형! 도망치면 어떡해요! 형!」

남자의 동생이 소리를 질렀으나, 남자는 돌아오지 않았다.

「어떻게 저런 사람이 평생 남의 인생을 변론했는지 모르겠네요. 매사 저런 식이었어요? 자기 은퇴식에서마저 발을 빼다니.」

「이제 어쩌죠?」

「손님들이 있으니 나가야죠. 그게 광대의 의무입니다. 저분 없는 은퇴식을 해야겠어요.」

「인생 은퇴를 저렇게 하는 사람은 우리 형뿐일 겁니다. 그래요, 나가죠.」

두 사람은 남자를 대신해 무대로 나갔다.

● 'The Death of Cake'는 영화 〈스탈린이 죽었다!〉(The Death of Stalin, 2017)의 한 장면을 패러디한 것입니다.

7. 은색곰 프로젝트

Training Women

「결혼하지 않은 여자가 혼자 잘 살 수 있다는 생각은 환상이야.」

어머니가 말했습니다. 나이가 들면 누가 저를 보살펴 주느냐고도 했어요. 어머니는 시부모와 남편을 위해 세월을 보냈고, 아버지가 돌아가시자마자 본인도 여기저기 아프셨거든요. 걱정이 되었을 겁니다. 딸과 남편이 있던 본인도 이렇게 힘든데, 돈도, 자식도 없는 제가 어떻게 노년을 보낼 것인지요. 이해합니다. 어머니 세대의 여성은 자신을 위해 돈을 쓸 수도, 체력을 사용할 수도 없었으니까요.

저는 은색곰 프로젝트에 대해 말씀드렸습니다. 서로를 보살펴 주는 그 공동체에 대해서요. 그곳이 굴러가기 위해 필요한 실천 규약과 계약서가 있다는 것도요. 체력을 위해 몸을 단련하는 것이 우선이며, 공동체라고는 하지만 자신을 위해 돈을 모으는 것은 필수 사항이라는 점도요. 피치 못할 사고를 당할 경우엔 돌아가면서 돌봐 주거나, 간병인에게 들어갈 돈을 따로 모아 두도록 되어 있다고요. 병원 입·퇴원 시 도와주기, 법률적인 자문이 필요한 경우 등 어려운 일이 있을 땐 서로의 인프라를 적극 활용

하여 돕기, 지나치게 의지하지 않는 적절한 벗이 되어 주기 등. 그 외에 자잘한 규약들에 대해서도요. 어머니는 그 이야기를 들으며 아무런 말씀도 하지 않았어요. 그땐 더 이상 설득해 봐야 의미가 없겠다고 생각하셔서 그런 줄 알았어요.

* * *

그 이후 어머니는 몇 년을 더 살다 돌아가셨고, 시간이 흘러 저도 이제 돌아가신 어머니의 나이에 접어들었습니다. 은색곰 프로젝트는 중간 중간 삐걱거렸지만 그럭저럭 잘 이어져 왔어요. 심지어 여러 곳에 비슷한 모임이 생겨났습니다. 그 모임이 저를 지탱해 준 것은 당연했어요.

저는 죽기 전에 프로젝트의 역사를 정리해야겠다고 마음먹었습니다. 인터넷에 있는 자료를 긁어모았고, 도서관으로 가서 신문 검색을 시작했어요. 그러다 발견했습니다. 은색곰 프로젝트는 이미 칠십 년 전, 한 여성 단체에 의해 시작되었다는 것을요. 저는 신문 속 여성들의 모습을 보고 놀랐습니다. 거기 어머니의 얼굴이 있었어요.

〈머리카락이 은색이 된 나이 든 여자들이 곰처럼 단단하고 우렁차게 삶을 영위할 수 있기 위해 은색곰 프로젝트를 주창〉한 것이라고 신문에 적혀 있었어요. 대표의 이름에는 어머니의 이름도 있었죠.

제가 은색곰 프로젝트에 대해 이야기할 때 어머니는 어떤 기분이셨을까요. 자신의 삶이 실패했다고 여겼을지도 몰라요. 가부장제에 부역하는 패배자라고 생각했을까요. 살면서 그런 생각이 어머니를 괴롭혔을 수도 있지요. 하지만 어머니의 실패한 유산을 우리는 물려받았고 그 혜택을 저는 실제로 누렸어요.

돌아가시기 전에 어머니가 했던 말의 의미를 이젠 이해할 수 있어요.

「실패하더라도 일단 하고 싶은 걸 해. 네가 실패하더라도 그다음 누군가에게는 도움이 될 수도 있어. 그렇다면 성공한 인생이지.」

어떤 일을 시작할 때 두려움을 느끼고, 그 일을 중단하기도 하지만 그것이 나쁜 것은 아니죠. 시작해 본 것만으로도 충분한 가치가 있어요. 우리가 했던 무수한 시도들이 헛된 것으로 돌아갔다고 해서 그 삶이 가치가 없는 것은 아니죠. 우리는 각자의 삶을 더 의미 있게 하기 위해서 서로에게 기대는 것이니까요.

* * *

거울을 보는데 저도 은색곰이 되어 있네요. 실패나 성공으로 판결을 내리지 않고 서로에게 의지해 삶을 잘 꾸려가겠다고 생각해 온 한 인생이 말이에요.

여러분은 어떤 삶을 살고 계세요? 어떤 삶을 계획하고 계세요? 이야기를 들려 주시겠어요?

2부

머무르다

1. 슬픔에서 빠져나오는 법

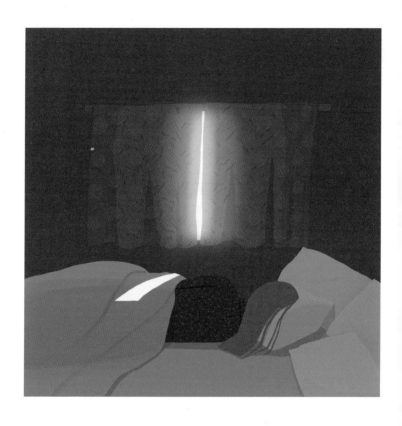

Insomnia

언니가 말했죠. 더 깊은 곳은 언제나 존재한다고. 하지만 한 발만 옆으로 떼어 보면 웅덩이를 빠져나올 수도 있다고. 그 말에 집중하려고 했지만, 늘 발을 헛딛는 기분이었어요. 언제든 떠나고 싶었지만 한 번도 떠난 적이 없었고, 누군가와 만나서 기쁘게 웃는 일은 여전히 소망으로 남아 있어요.

언니가 말했죠. 시간이 모든 것을 해결해 줄 거라고. 그리고 그 시간이 언젠가는 보상을 해줄 거라고. 그때 시간이 주는 것을 잘 헤아리라고요. 하지만 지금 저는 너무 막막하고, 아무것도 없는 어둠 속을 헤매요. 시간은 흐르지 않고요, 아무것도 없기 때문에 붙잡을 것도 없어요.

능력이 있는 사람이 되거나, 최선을 다하는 사람이 되고 싶어요. 남을 도울 수 있다면 좋겠어요. 그런 좋은 사람……. 저도 그런 사람이 되고 싶어요. 어떻게 하면 제가 일어설 수 있을까요. 어떻게 하면 다른 사람처럼 지낼 수 있을까요. 어떻게 하면 평범해질 수 있을까요. 어떻게 하면 환한 대낮이 좋아질까요. 언제쯤이면 침대에서 일어나는 것이 두렵지 않을까요. 저는 지금 아무것도 아니고, 그래서 미래에도 아무것도 될 수 없을 거예요. 어떻게 해야 벗어날 수 있을까요. 언니, 가르쳐 주세요. 제가 딱 한

걸음, 옆으로 발을 뗄 수 있도록요. 제가 자리에서 일어설 수 있도록요. 이 슬픔에서 빠져나올 수 있는 방법을 알려 주세요.

2. 꿈에 찾아와 줘

Nap Time

우린 밤이 없는 세상에 살고 있어. 해가 지면 아무것도 움직이지 않아. 자동차도, 지하철도 멈춰 버려. 밤이 길지만 나는 잠들 수가 없어. 왜 그런지 모르겠어. 해가 없는 시간에 잠이 드는 것이 무서워서 그런가 봐. 밤새도록 생각에 잠겨 있거든.

그래도 우린 잘 살아가고 있어. 이런 세상에서도 나는 카페에서 책을 읽고 편지를 쓰고 누군가를 만나며 일상을 영위해. 오늘은 일요일이라 오랜만에 친구를 만나기로 했는데 갑자기 약속이 취소돼 버렸어. 올 수가 없대. 이해해. 이런 세상에서는 갑자기 몸을 움직일 수 없게 되기도 하니까.

정부에선 곧 너희들을 모두 제거할 방법을 발표하겠대. 도심에는 사람이 많기 때문에 너희들이 여길 떠날 생각을 하지 않거든. 새벽이면 너희들에게 물려 죽은 유기견의 시체가 도로 위에 널려 있어. 간혹 술에 취한 사람들도 죽어 있어. 경찰이 밤에 돌아다니는 사람은 구할 수 없다고 발표했어.

며칠 동안 잠을 자지 못했어. 조금 졸다가 아예 엎드려 버렸어. 그날 이후 한 번도 보지 못한 너는 꿈에서 내 손을 잡고 있어. 눈을 뜨면 그 손을 놓칠 것 같아. 꿈에서 내 손을 꼭 잡은 너의 얼굴이 점점 변해 가고 있어. 너는 어느새 나를 물어뜯으려고 하고 있어. 손을 놓아야 하는데 어쩌질 못하겠어.

일어나야 해. 마지막 차가 곧 이 카페 앞에 서거든. 집으로 들어가면 해가 지겠지. 그럼 너희들은 우리가 살고 있는 건물 주위를 돌아다닐 거야. 우리는 너희들이 싫어하는 허브 향을 건물 밖으로 던져둬. 그런데, 너희들이 싫어한다는 로즈메리나 박하는 이제 거의 바닥이 났대. 그것들을 구하지 못하면 앞으로 우리는 뭘 할 수 있을까.

부모님은 이곳을 벗어나 사람이 없는 곳으로 가야 한대. 하지만 그럴 수 없을 거야. 너희들이 도시를 둘러싸고 있으니까. 도시 곳곳에 너희들이 있으니까. 그 속에 너도 있을 테지. 영혼 없는 너는 어떤 얼굴을 하고 있는지. 이를 드러낸 채 먹어치울 사람을 찾고 있겠지. 어젯밤에 죽은 그 불쌍한 강아지도 네가 먹었어? 공원의 비둘기도? 담을 올라가는 고양이도 죽였어?

모두 기다렸던 백신은 없었어. 가족을 살리고 싶은 사람들이 여기 남았어. 우린 포위되었고, 정부는 결단을 내렸어.

너희들을 없애기로. 도망칠래? 하지만 너는 내 말을 듣지 못할 테지. 너는 네가 먹은 강아지처럼 으스러질 거야. 너희들은 모두 그렇게 사라질 거야. 우리는 깨끗이 청소된 이곳에서 일을 하고 사람답게 살겠지. 네가 없어도, 이 세상의 절반이 사라져 버려도, 사람들은 삶을 이어갈 거야.

우리는 밤을 되찾겠지. 밤에도 일을 하고, 심야에도 버스는 움직이겠지. 이따금씩 살아남은 너희들이 나타날지도 모르겠어. 네가 다시 원래대로 돌아오고 우리의 밤이 끔찍한 기억이 없던 그 세계로 돌아갈 수 있다면 얼마나 좋을까. 꿈에라도 찾아와 줘. 네 손을 잡을 수 있게.

3. 크러쉬 크러쉬

Crush

비상탈출에 실패했다는 이야기를 듣고 거짓말이라고 생각하다가 정신을 잃었어요. 눈을 떠보니 사람들이 제 얼굴을 내려다보고 있었어요. 병원이었죠. 곧장 소식을 찾아봤어요. 우주 비행사 세 명 중 한 명이 탈출을 하지 못하고 죽었다고 했어요. 이름이 나오지 않았어요. 인터넷을 검색하는데 손이 떨려서 전화기를 떨어뜨렸죠. 액정이 깨졌고, 제가 소리를 질렀고, 간호사가 뛰어와 말했어요. 안정을 취해야 한다고.

* * *

그날 이후 단 하루도 안정을 취할 수 없었어요. 제 인생이 이렇게 흘러갈 줄 상상도 못했어요. 저는 평범하고 평안하기만 한 삶을 바랐다고요. 별다른 일 없이 그럭저럭 살면서 영화를 보고, 괜찮은 식당에 가서 밥을 먹고, 음악을 듣고, 좋아하는 책을 읽는 삶을 꿈꿨는데, 틀렸어요. 〈그날〉 이후 제 삶은 그럴 수 없게 됐어요. 생각해 보니 당신이 비상탈출에 실패한 날이 아니라 〈그날〉이군요, 〈그날〉. 우리가 만난 그 초여름이요.

당신이 다른 여자에게 줄 꽃다발을 들고 테니스장에 왔던 날, 저는 레슨 선생을 기다리며 혼자 머뭇거리고 있었어요. 강사는 오지 않았어요. 테니스 강습 첫날이었어요. 전날 술을 너무 마셔서 나올 수 없다고 했어요. 어이가 없었죠. 당신이 기다리던 그 사람도 테니스장에 나타나지 않았어요. 약속을 지키지 않은 강사 때문에 화는 나는데, 당신이 들고 있던 꽃이 참 예뻤어요. 당신은 힘없이 제게 말했죠. 가질 거냐고요. 뻔히 남의 것인 줄 알고 있는 제게, 그걸 가질 거냐고 묻다니요. 그런데 제 입에선 헛소리가 튀어나왔어요. 「밥 먹었어요?」 하고 물었던 거죠. 무슨 생각이었는지 모르겠어요. 당신은 그때 누군가에게 무슨 말이든 하고 싶어 하는 얼굴이었고, 저는 배가 고팠던 거죠 뭐.

그날 우리가 갔던 브런치 카페는 이제는 옷가게로 바뀌었어요. 저는 그곳에 아직도 못 가요. 그 앞을 지나가기만 해도 호흡이 가빠지거든요. 이건 당신이 비상탈출을 하지 못한 그날 이후 제게 생긴 증상이죠.

그 후 우리는 몇 번인가 더 브런치를 함께 먹었고, 당신은 그 사람에게 되돌아가고 싶은 마음이 없다고 제게 말했죠. 어느 겨울, 당신은 또 제게 말했어요. 모든 게 완벽하게 맞아떨어지지 않으면 로켓은 발사될 수 없다고요. 당신은 완벽한 과정을 거쳐 로켓이 궤도에 진입하는 과정을 사랑한다고요. 그래서 우주비행사에 지원하겠다고요. 저는 웃어 버렸죠. 사실, 울고 싶었는데 왜 그 자리에서 웃어 버렸을까요. 우주비행사가 되면 오래 떨어져 있어야 한다는 걸 알았거든요. 그래도, 그 꿈을 제가 어떻게 막겠어요.

당신이 우주비행사에 지원을 하기로 한 이후 우리는 더 자주 만났죠. 2차 테스트에 합격한 날, 당신이 말했죠. 꽃을 들고 테니스장에서 있던 그날, 저를 보고는 어떻게든 연결이 될 거라고 생각했다고요. 저 역시 그랬다고 말해 둘게요.

버스를 타고 가는데, 라디오에서 우리나라 우주비행사 이야기를 하면서 당신 이름을 말하는 거예요. 버스 안에서 소리를 질렀어요. 버스 기사가 주의를 줬어요. 「거참, 조용히 하세요!」 저는 입을 틀어막고 고개를 숙이고는 웃음을 참았어요. 당신의 이름을 라디오에서 듣는 기분이 얼마나 짜릿했는지 모를 거예요.

최종 시험에 통과한 당신은 러시아와 한국을 오고 가야 했어요. 바쁜 날이 시작되었죠. 하루에 한 번 우리는 전화를 했어요. 당신은 훈련으로 지친 목소리를 들려주기도 했고, 어느 날은 흥분된 목소리이기도 했어요. 디데이가 얼마 남지 않았던 몇 주 동안은 좀 날카로워져서 저도 걱정을 했어요. 하지만 이런 일이 있으리란 생각은 못했어요.

* * *

당신이 비상탈출에 실패한 이후, 우리나라는 벌써 세 번의 로켓을 발사했고, 그 비행사들은 무사히 돌아왔어요. 저는 밤하늘을 절대로 보지 않지만 그 사람들이 돌아와서 무척 기뻐요. 당신의 실패가 그들을 무사히 인도했다고 생각해요. 이제 저도 나이가 들어 곧 죽게 되겠지만, 아직도 그 비상탈출이란 말에서는 벗어날 수가 없네요.

운명에 대해 평생 생각했던 것 같아요. 우리가 각자의 궤도에서 벗어나 서로를 만났던 〈그날〉에 대해서요. 인생에는 궤도가 있잖아요. 여러 개의 궤도요. 누군가는 그 궤도를 자연스럽고 무난하게 이탈해서 다른 궤도에 안착하고, 어떤 사람은 한 번 들어간 궤도 안에서 평생 그대로 살지요. 저는, 궤도에서 영원히 벗어나고 있는 기분이 들어요. 계속해서 이탈하는 중이죠. 사십 년 동안을 그랬죠. 후회하진 않아요. 그런 인생도 있는 거지요.

누군가 다시 한 번 인생을 살 거냐고 묻는다면, 저는 그러 겠다고 대답할래요. 다시 한 번 그 순간으로 돌아가 당신 을 만날 수 있다면, 그럴래요. 그리고 꽃다발을 가질 거냐 는 당신의 말을 거절하고, 쓰레기통에 꽃을 버리는 당신 에게 밥을 먹겠냐고 물어볼래요. 당신과 브런치 카페에 가서 밥을 먹고 어색하게 연락처를 주고받으면서, 서로 이게 무슨 짓인지 어리둥절한 채로 연락을 할 거예요. 그 리고 서로에 대해 알아가는 동안의 설렘을 반복하고, 우 주비행사라는 꿈을 실현해 가는 당신을 지켜보겠죠. 그러 다 당신이 사라지고, 저는 제 인생의 궤도에서 갑작스레 이탈하고, 그 순간들을 반복하는 거죠.

* * *

지금 저는 당신의 인생을 회고하며 정리를 시작하려고 해 요. 한 글자씩 당신에 대해 적어 가고 있어요. 이탈의 운명 을 가진 우리의 삶은 글자가 되어 하얀 종이 위에 새겨질 거예요. 글자 하나하나가 별이 되어 당신을 기억하게 될 거예요. 하늘에서 떨어지는 별똥별을 구경하듯 사람들도 운명에 대해 다시 생각하게 되겠죠. 책을 다 쓰고 나면 다 시 하늘을 볼 수 있을 것도 같아요. 그때 별똥별이 떨어진 다면 궤도에서 벗어난 제 운명을 진심으로 사랑할 수 있 을지도 몰라요. 다시 하늘을 볼 수 있는 날이 곧 오겠죠?

4. 생일 버거

Burger

십오 년 전부터였죠. 매년 아들의 생일이면 이곳에 와서 이 버거를 먹어요. 그 전에는 한 번도 먹은 적이 없어요. 햄버거는 애들이나 먹는 거니까요. 아들이 이곳을 좋아했다는 걸 알고 나서 여기에 오기 시작했어요. 그 애가 왜 이걸 좋아했을까, 알고 싶어서요.

처음엔 맛이 없더라고요. 몇 년이나 반복하다 보니 이젠 생일이 아니어도 먹게 되었어요. 일상이 되었죠. 사람들은 몸에 좋지 않다면서 그만두라고도 해요. 네, 그렇겠죠. 하지만 먹는 동안은 별로 슬프지 않거든요. 이걸 먹으며 좋아했을 아들이 떠올라서요.

아쉽게도, 이 버거는 내일부터 판매하지 않는다고 하네요. 본사에 여러 번 편지를 써봤지만 답은 없었어요. 이해합니다. 세상에는 항상 사라지는 것들이 있죠. 그것은 당연한 진리이고요. 그 당연한 진리가 조금 슬프기는 하지만요.

내일부터는 무엇을 먹을지, 아들의 생일에 어떤 일을 할지 생각해야겠어요. 버거를 먹는 시간은 십 분도 안 걸리지만 오늘은 커피를 마시며 천천히 음미하려고요.

5. 남겨진 사람들

Breeze

「이런 날이 올 줄 몰랐어요.」

「맞아요. 세상이 이렇게 평화로워질 줄은.」

두 사람은 집 근처의 공원에 나가 한참이나 말없이 앉아
있었다. 그러다 이따금씩, 이런 날이 올 줄 몰랐다고 한
사람이 말을 하면, 다른 사람이 맞장구를 쳤다.

공원 가운데에서는 사람들이 돗자리를 깔고 앉아 음식을
나눠 먹거나 누워서 잠을 자기도 했다. 가끔씩 아이들이
공을 던질 때면, 강아지 영식이가 곧 뛰어나갈 것처럼 엉
덩이를 들썩이다 제자리를 지켰다. 이젠 영식이도 나이를
먹을 만큼 먹었고, 오랜 교육으로 점잖음을 배웠기 때문
이다.

두 사람은 사람들의 모습을 구경하다가 해가 질 무렵에야
자리에서 일어섰다. 남자는 의자를 접다 말고 울음을 터
트렸다. 영식이가 끙끙대며 남자를 보았다. 여자는 그런
남자의 등을 가만히 쓰다듬었다.

* * *

두 사람은 의자를 들고 집으로 향했다.

거리에는 사람들이 넘쳐났다. 모두가 평화로운 얼굴이었다. 둘은 아무 말도 하지 않았다. 그러나 알고 있었다. 이렇게 말없이 걸을 때면, 항상 앤에 대해 생각한다는 것을.

두 사람은 슬퍼질 때마다 영식이를 바라봤고, 그러면 슬픔이 조금 가라앉는 것 같았다. 그렇게 두 사람은 슬픔을 달래며 천천히 집을 향해 걸었다.

6. 레드 브릭 빌딩

Red Brick Building

우리가 잠시 뒤에 일어날 일을 알 수 있다면 어떤 삶을 살까. 십 분 뒤 교차로의 교통사고에 대해 안다면 버스는 과속하지 않을 거고, 택시는 노란 신호에서 멈출 테지. 어쩌면 국가고시를 보는 사람이 많지 않을지 몰라. 붙을 사람만 시험을 볼 테니까. 친구와 심하게 싸울 걸 안다면, 애초에 그 친구와 친해지지 않을 거야. 이혼할 것을 아니까 결혼도 하지 않을 거고, 아무리 공부를 해도 성적이 좋게 나올 리 없을 테니까 쓸데없는 노력도 하지 않겠지. 속 터지는 부모님과 공부 안 하는 자식 사이의 갈등도 없겠지.

아무런 일도 일어나지 않을 거야. 우리가 잠시 뒤의 일을 안다면, 우리는 앞으로 일어날 일들을 피하느라 여념이 없을 거야. 삶이 그렇게 흘러갈 테지. 사건을 피하기 위해 계획을 짜느라 어떤 기대나 희망 같은 것은 우리 삶에 자리 잡기 힘들 거야.

나는 아무것도 모르는 상태인 채로 너를 기다리고 있어. 너는 다음에 도착할 버스에서 내릴 거야. 그 짧은 순간을 포착하려고 나는 버스를 보고 있어. 곧 우린 두 손을 잡고 몇 마디 이야기를 나누며 건물 안으로 들어갈 거야. 만약 내가 이 건물에서 너를 기다리고, 너와 함께 제일 꼭대기

층에 올라가 커피를 마시다가, 이 건물이 지진으로 인해 무너진다는 것을 알았더라면 우리는 여기 있지 않았을 거야.

우리가 살아서 이곳을 빠져나오지 못할 걸 알았다면, 다른 곳에서 만나거나, 다른 시간에 만났을 거야. 애초에 지진이 일어나지 않는 다른 지역으로 이사를 했거나. 그랬다면 너를 만나지 못했겠지. 우리에게는 아무 일도 일어나지 않았을 거야. 너를 만나는 일은 죽음을 피하기 위한 일로 덮였을 거고, 나는 오직 살아남기 위해 재해와 사건을 피해 다니느라 바빴겠지.

우리에게 닥쳐올 일들을 나는 생각하지 않을래. 그것을 안다고 해서 우리가 어쩌겠어. 난 그저 생명을 부지하며 오래 사는 삶보다 이 건물 앞에 서서 너를 기다리는 삶을 택할 거야. 하지만 우리에게 닥쳐올 불운이 사라지면 좋겠어. 커다란 행운보다는 일상 속 작은 재미를 느낄 수 있고, 소소한 갈등을 슬기롭게 이겨 낼, 그럴 시간이 조금이라도 더 주어진다면 좋겠어.

7. 서울, 2020

New Normal

학교에 가기

선생님과 친구들 안아 주기

놀이터에서 놀기

먼 곳으로 여행 떠나기

비행기나 배를 타고 멀리 떠나기

쇼핑몰 돌아다니기

지하철이나 버스 타기

공원에 드러누워 하늘 보기

커피숍에서 음료 마시기

맛있는 식당을 찾아가 줄 서기, 그리고 밥 먹기

누군가의 맨얼굴 바라보기

커피숍에서 웃고 떠들기

함께 밥을 먹자고, 언제든 연락하기

미용실에 가고 싶을 때 가기

수영장이나 헬스장에서 마음껏 운동하기

가게에서 마음껏 물건 만지기

노래방에서 신나게 노래 부르기

ㅇ

ㅇ

ㅇ

우리가 가장 바라던 일.

3부

_____

간직할 만한 것들

_____

1. 언젠가의 너에게

Old Friend

목소리를 듣자마자 너라는 걸 알았다.

중학교 이후 우리는 만난 적이 없었다. 네가 미국으로 가 버리고, 가끔 SNS로 안부를 물었지만, 사용하던 플랫폼의 유행이 끝나자 우리 관계도 끝나 버렸다. 나는 서울에서, 너는 미국에서 잘 지내리라 생각했던 것과 달리, 너는 대학을 졸업하고 바로 서울로 왔다고 했다. 서울에서 취직도 하고 친구들과 만나고 연애도 하며 지냈다는 말에 나는 잠깐 말을 잇지 못했다. 〈왜, 내게 연락하지 않았어?〉 하고 묻고 싶었지만, 내가 잘못한 게 있을 것 같단 생각이 들어 차마 묻지 못했다.

그 쇼핑몰에서 너는 우리 또래의 친구 두어 명과 있었고, 그중 한 명이 우리와 같은 중학교를 나온 친구라는 것을 나중에야 알았다. 주말이라 사람이 많았고, 우리가 서 있는 곳이 쇼핑몰의 입구였으므로 우리는 각자 가던 길을 가야 했다. 〈다음에 보자〉는 의미 없는 말을 남기고.

집으로 돌아와 쇼핑몰에서 산 옷을 걸어놓는데 조금 우울해졌다. 너는 왜, 서울로 돌아와 다시 내게 연락하지 않았을까. 나는 너에게 어떤 잘못을 했을까. 어쩌면 너는 단지 그 시절을 함께 보낼 사람이 잠시 필요했고, 그 시절이 지나자마자 나란 사람은 더 이상 필요가 없어진 것일까.

대단한 사람이 되고 싶었던 건 아니다. 큰 영향력을 행사하는 사람이 되려던 것도. 나는 그저 누군가의 〈친구〉가되고 싶었다. 그런데 오늘 나는 내가 친구로서의 지위를박탈당했다는 서글픈 사실을 확인했다.

* * *

우리가 처음 만났을 때는 서로의 얼굴을 자세히 볼 수 없었다. 모두 마스크를 끼고 있었으므로, 키나 목소리, 소지품을 보며 서로를 구별했다. 전염병이 심해지고 등교가중단되어 집 안에서만 지내야 했던 여름에는 온몸이 쑤셔서 죽고 싶었는데, 그때 너와 메시지를 주고받지 않았으면 더 힘들지 않았을까. 하긴, 나 역시도 그 시기를 함께건널 사람이 필요했던 것 같다.

중학교 3학년이 되던 여름, 비로소 마스크를 벗어도 된다는 지침이 내려왔다. 그날 학교가 얼마나 시끄러웠는지기억난다. 마스크를 벗은 아이들의 목소리가 그렇게 큰줄 몰랐던 거다. 그러면서도 서로의 얼굴을 보는 것이 얼마나 어색했던지.

너는 내게 말했다.

「너 볼에 점 있네.」

「넌 애들이 생각보다 입이 작다고 그러더라.」

우리는 그렇게 말해 놓고는 깔깔거리며 웃었다. 너의 맨 얼굴을 그렇게 보는 게 부끄러우면서 좋았다.

우리는 운동장을 가로질러 철봉으로 달려갔다.

「마스크 벗고 나면 뭐하고 싶었어?」

하고 묻자, 네가 대답했다.

「운동장 뛰는 거였어. 지금 소원 풀었어. 너는 뭐하고 싶 었어?」

나는 곰곰 생각하다 대답했다.

「너랑 떡볶이 먹으러 가는 거?」

집으로 가던 도중 우리는 떡볶이를 먹었고 사진을 찍었다. 그 사진은 그때 유행하던 플랫폼의 데이터 서버에 아직 있을까. 아마 그 서버도 사라졌을 것이다. 사람들은 유행에 따라 이 서버에서 저 서버로 옮겨 다녔다. 나 역시 마찬가지였다. 서버 위에 올린 자신의 추억을 잃어버리기 싫다고 말하면서도 그것들을 백업 받은 이후에 제대로 관리하지 못했다. 그렇게 시간이 흘렀고 지금 나는 새로운 플랫폼 위에 나를 저장하고 현재를 지속하려 애쓴다.

* * *

나의 계정에 누군가가 들렀던 흔적이 보였다. 너라고 짐작했다. 메시지를 보낼까 하다가 그만두었다. 우리가 그저 옆자리에 앉아서 친해졌던 것처럼 멀어지는 것 역시 별이유 없겠지.

이십 대가 되면 함께 여행을 하자고 했던 대화가 문득 떠올랐다. 하지만 그 여행을 혼자 하든, 다른 누구와 하게 되든 무슨 상관일까. 이렇게 건강하게 잘 자랐으니 그것으로 충분한 게 아닐까. 그래도 소망해 본다. 더 나이가 들어 다시 만나게 되면 조금은 편하게 이야기를 나눌 수 있게 되기를. 아무것도 아닌 일상적인 소망을 이야기하고 그날 바로 실행할 수도 있을 것이다. 지금 우리는 더 이상 만나지 않지만, 시간을 함께 보냈다는 것은 소중한 일이다. 플랫폼에 저장한 사진은 없어졌지만, 우리의 기억은 남아 있으니까.

2. 기억을 먹다

Summer Peach

말도 안 된다고 생각했죠. 제가, 셰프라니요.

병원에서 의식을 차린 후 의사와 두어 차례 상담을 한 뒤부터였어요. 저를 아는 사람들이 절 측은하게 바라보더군요. 그중 절반은 제가 모르는 사람들이었지만요. 호텔 지배인이란 사람이 저를 찾아왔더라고요. 저더러 언제부터 출근할 수 있겠냐고 물었어요. 제가 없어서 다른 셰프와 임시 계약을 한 상태래요. 하지만 저는 요리를 전혀 못하는 걸요.

저는 제가 공무원이 되었을 거라고 생각했어요. 그런데 셰프요? 전 요리에 전혀 관심이 없었단 말이에요. 거기다가, 제 나이가 서른다섯 살이래요. 전 스물다섯 살 이후의 기억이 없거든요. 그러니까 요리를 시작한 직후부터의 기억이 죄다 없는 거죠. 경찰 말로는 주방에 불이 났다고해요. 제가 요리사들을 대피시키고 밖으로 나가다 쓰러졌답니다. 연기를 심하게 마셨대요. 죽을 뻔하다 살았다고 했어요. 그 사고는 신문 기사에도 나왔더군요.

제가 TV에 나왔던 유명 셰프인 것도 저는 몰랐어요. 요리 대회에서 우승도 두어 번 했더라고요. 그런데 그 프로그

램 속의 모습은 제가 아는 제가 아니더군요. 왜 그렇게 미친 사람처럼 구는지. 어떻게 제가 그런 모습을 드러낼 수 있는지 의문이었어요. 그것도 십 년이 넘는 시간 동안을요. 더 놀라운 건요, 제 팬 카페도 있어요. 만 명이 넘더라고요. 세상에!

* * *

저는 잃어버린 제 과거를 찾아보기로 했죠. 친구들을 만나서 물었더니 모두들 주저주저하는 겁니다. 알고 보니 제가 요리를 배우겠다고 한 것은 그 즈음에 제가 좋아하던 여자분 때문이었답니다. 그 여자를 따라 제가 미국까지 갔다는 사실에 놀랐죠. 그런데 어떻게 아무것도 기억하지 못할 수가 있죠? 의사 말로는 요리에 미칠 즈음에도 아마 커다란 충격이 있었을 거래요. 그게 사람 때문일 수도 있냐고 물었더니 당연하다고 하더라고요.

친구들도 증언해 줬어요. 제가 사랑에 빠졌다고요. 우연히 지하철에서 만난 여자였대요. 여자가 무언가를 떨어뜨렸고 제가 그걸 주워서 돌려주려고 쫓아갔는데, 여자가 오해해서 저를 때린 거죠. 그 자리에서 제가 기절을 했대요.

경찰이 오고 난리가 났다가, CCTV까지 보고 나서야 오해가 풀렸대요. 그렇게 시작됐대요. 그 이야기도 기억이 안 나죠, 물론.

그분은 지금 결혼을 했고 미국에 살고 있대요. 저는 그분에게 연락을 했어요. 그분은 좀 어리둥절한 것 같더군요. 저는 화재 사고에 대해 말하고 사정 이야기를 했어요. 그러고는 물었죠. 제가 요리에 미쳤던 계기가 당신이었다는데, 저랑 당신은 어떤 사이였느냐고요. 수화기 너머에선 한참이나 말이 없더군요. 그러다가 대답했어요. 「이제 원하던 걸 이루었네.」하고요. 무슨 말이냐고 물었더니, 대답하더군요. 자신을 잊어달라고 했고 그러기 위해 노력하겠다고 대답했대요. 드디어 그 소원을 이룬 거라고요.

전화를 끊고 그 사람의 SNS에 찾아갔죠. 그 사람과 아이 사진이 있더군요. 아무 느낌이 없었어요. 정말 아무렇지도 않았어요. 이렇게라도 잊어버리는 게 좋은 걸까요. 모르겠습니다. 다른 사람들이 증언해 주는 제 이야기에서 저 혼자만 소외된 기분이 들었어요. 궁금했어요. 기억을 모두 가진 저라면 그 사진을 보고 어떤 느낌을 가졌을까. 많이 슬펐을까. 행복을 빌었을까.

기억이 사라진다는 건, 저를 둘러싼 역사의 일부가 사라진다는 것이고, 그 시간에 제가 느낀 감정과 기분마저 사라지고, 그래서 현재에 느껴야 할 감정마저 증발한다는 걸 알게 되었어요. 결국 감정은 과거와 현재가 공존하지 않는다면 느낄 수 없는 것이구나, 하는 생각도 했어요. 슬픔은 사랑이나 행복마저 뒤섞인 감정이라는 사실도 깨닫게 되었죠. 사진을 보며 그분의 행복을 빌어 주고 싶었지만, 감정 없이는 소망을 빌 수도 없더군요.

저는 시간을 잃어버렸고 제가 느꼈던 감정 역시도 느낄 수가 없어요. 맹꽁이가 된 기분이네요. 다시, 요리를 하면 기억이 살아날까요. 자신이 없지만, 움직여야죠. 재료를 사서 다듬어 볼까, 해요. 음, 사과파이 어때요. 깔끔한 파스타도 좋죠. 과정이 단순하니까요. 아, 아직 기억이 돌아온 건 아니에요. TV에서 제가 했던 요리를 떠올린 거죠. 제가 만든 요리지만 먹어 보고 싶더라고요.

생각해 보면 말이에요, 요리는 사랑과 좀 닮은 데가 있어요. 무언가를 먹는다는 생각에 사로잡히면 요리 자체가 너무나 좋아 보이거든요. 하지만 요리를 직접 해야 할 때는 모든 게 달라져요. 재료를 다듬고, 씻고, 썰고, 음식

물 쓰레기를 치우고, 바닥과 싱크대를 계속해서 닦아야 하고, 행주는 잘 말려야 하죠. 재료의 상태에 따라 간을 달리해야 하고, 음식 맛을 내기 위해 심혈을 기울여야 하죠. 먹는 사람의 컨디션을 생각한다면 더욱 좋고요. 요리를 다 먹고 나서 설거지를 해야 한다는 점도 간과해선 안 되죠.

사랑의 달콤함을 둘러싼 여러 과정들은 절대 달콤하지 않죠. 상대를 이해하기 위해 노력해야 하고 서로의 삶을 해치지 않는 선에서 둘의 일상을 뒤섞는 노력이 필요하죠. 쉽게 화를 내거나 내 주장만 하면 망쳐요. TV에서 경연을 하던 제 모습을 보니까요, 어쩌면 제가 그 과정에 지나치게 집착을 했던 건 아닌지 모르겠어요. 그럴싸한 요리를 맛보이기 위해 재료 선정을 지나치게 했고요. 같은 팀원을 닦달하더군요. 그렇게 한 우승이 무슨 소용일까요. 그 여자 분이 저를 떠난 이유가 거기 있을지 모르죠. 그래도 이젠 모든 걸 잊어버렸으니, 다시 시작할 수 있을 거라 기대해요.

의사 선생님도 말씀하셨어요. 회복을 위해서는 다시 요리를 하는 것이 좋겠다고요. 뭘 만들까요. 아, 혹시 배가 고픈 사람 있으신가요? 밥 드실래요? 제가 뭐든 내어드릴 게요. 생각이 났냐고요? 아니요. 하지만 배가 고픈 사람을 굶길 순 없죠. 냉장고를 열어 볼게요. 가지도 있고 당근도 있고 소고기도 있어요. 이거면 뭐든 할 수 있지 않을까요. 재료를 다듬다 보면 생각이 나겠죠. 앉으세요. 앉아서 조금만 기다리세요. 아무것도 하지 말고 기다리세요. 제가 다 해드릴게요. 원래 이런 성격이냐고요? 아니요, 아닐 걸요. 하지만 요리 만드는 것은 제 일이니까 제가 해야죠. 손대지 마세요. 애쓰지 말아요. 저는 이게 전혀 힘든 일이 아니거든요. 아니, 왜요. 앉으세요. 맛있는 걸 드릴게요, 네? 가지 마세요. 제 요리를 드세요. 정말 금방이면 되는데. 제발, 제발…….

3. 어쩌면 마지막

Hang Out

「마지막 화상 파티네.」

첫눈이 내리던 저녁, 모이자는 약속을 잊은 사람은 없었다. 모두 화면을 켰고, 준비해 둔 술이나 음료를 마셨다.

「벌써 스무 번이 넘었어.」

전염병이 퍼진 후 우리는 매주 금요일 화면을 켰고 오래도록 이야기를 나누었다. 인터넷이 없었다면 우리는 훨씬 더 고된 시간을 보냈을지도 모르겠다.

세영은 종종 그런 생각도 했다. 왜 이렇게 우리는 만나고 싶어 하는 걸까. 왜 쓸데없는 이야기를 누군가에게 하고 싶은 걸까. 혼자서 지낼 수는 없는 걸까. 불가능한 일은 아닐 것이다. 상황이 그럴 수밖에 없다면 혼자 사는 삶에 적응할 것이고, 반드시 필요한 업무를 제외하고는 사람을 만나지 않았을 것이다.

필요한 일이 아님에도 서로 만나 이야기를 나누는 것은 우리를 이 사태로 몰아넣은 바이러스와도 닮았다. 누군가에게 가닿고 싶고, 내 이야기나 마음의 상태를 누군가에게 전파하고 싶어 하는 점에서 말이다. 그러나 바이러스는 사람을 해치고, 누군가에게 닿고 싶어 하는 마음은 사람을 살린다.

세영은 가끔 대화가 종료된 뒤의 텅 빈 대기 화면을 그대로 놔두곤 했다. 그렇게 있으면 누군가 다시 들어올 것 같았기 때문이다. 그러나 화상 모임에 참여하기 위한 절차가 있었으므로, 누군가 다시 화면에 나타날 리는 없었다. 집 밖이었다면 어땠을까. 카페나 식당에 혼자 있는 세영 앞에 누구든 불쑥 찾아올 수 있었을 것이다.

인터넷에서 우리는 언제든 만날 수 있지만, 기대하지 못했던 만남이란 없다. 언제나 필연적이고, 의도성을 가진다. 물론 인터넷에서는 강아지나 고양이나 아이들을 데리고 함께 이야기를 할 수 있다는 장점도 있다.

처음 화상 모임을 가질 때 세영과 친구들은 자신들의 애완동물을 자랑하거나 집에 있는 소품을 자랑하기 바빴다. 물컵이니 의자니, 잠옷 같은, 예전에는 주인공이 되지 않았던 것들 말이다.

「나 다음 주 월요일이 백신 접종하는 날이야.」

「나는 수요일.」

「나는 금요일.」

마침내 백신이 개발되고 안정성도 입증이 되었지만, 독감
백신처럼 매해 맞아야만 한다고 했다. 코로 흡입하는 백
신의 효과가 더 탁월했으므로 모두 그것을 원한다고 했다.

이렇게까지 오는 데에도 세상이 얼마나 시끄러웠던가. 백
신이 개발된 후 누구에게 먼저 배포할 것인가, 위험군인데
도 백신을 거부하는 사람들은 어떻게 할 것인가, 등으로
단 하루도 조용한 날이 없었다.

「마스크를 쓰지 않아도 된다는 사실이 믿어지지 않아.」

세영의 말에 다들 동의했다. 그래도 당분간은 추운 겨울
이니까 마스크를 껴야겠다는 말을 수진이 했다. 독감에
걸리지 않고 얼굴도 춥지 않을 테니까, 그것도 좋은 생각
이라고 윤희가 맞장구쳤다.

세영은 우리가 얼마나 섞여서 지냈던지, 그리고 그렇게
뒤섞인 세상에서 함께 시간을 보내며 살아가는 일이 또

얼마나 놀라운 일이었는지 말하려다 그만뒀다. 모두가 그렇게 매순간 느끼는 시간들이었으므로.

첫눈이 오래도록 왔고, 우리는 술을 마시며 세상이 망하지 않은 것에 안도했다. 우리가 버린 쓰레기에 대한 걱정과 함께 빙하가 녹아내리는 북극과 우리가 먹어치우는 동물들, 그 동물들을 키우기 위해 사용되는 에너지와 가스배출량에 대해서도 이야기했다.

세영은 어린 시절에 상상했던 미래가 인간의 생활을 편리하게 해줄 기계들과 결부되어 있다는 사실을 상기해냈다. 기계들을 상상할 때 항상 배제되어 있던 것들이 지금 우리 눈에 닥쳐온 것이다. 녹아내리는 빙하와 육식문화, 바이러스와 쓰레기들. 소수의 사람들이 경고했지만 대부분의 사람들이 그냥 지나치던 것, 이번 세대에는 아무 일도 일어나지 않을 것이라고 치부했던 일들이 우리 앞에 놓여 있었다.

「이제 우리는 어떻게 되는 걸까.」

윤희의 말에 누구도 선뜻 대답을 하지 못했다. 창밖에는 여전히 눈이 내리고 있었다. 온난화로 눈이 오지 않을 거라고들 했으므로, 어쩌면 마지막 눈일지도 모르겠다고 세영은 생각했다.

「조심조심 살아가야지. 우리가 이렇게 만나는 것이 마지막이 될 수도 있다는 생각으로.」

마지막처럼 산다는 것이 나쁘지 않겠다고 모두 수긍했다. 윤희는 그런 마음으로 일기를 써보고 싶다고, 수진은 하루하루 감사한 마음이 들 것 같다고 말했다.

「다음 주엔 얼굴 보는 거야. 동영상 말고, 진짜 얼굴.」

「그래. 어디서 만날까? 소소식당 갈까?」

「좋아. 내가 예약할게.」

세영은 생각했다. 자유롭게 사람을 만나며 살아가되, 일상을 과시하지 않는 삶을 살아야겠다고. 언제든 이 눈이 마지막이 될 수 있음을 기억해야겠다고.

4. 새로운 천사를 기다리며

Yeonnam Tunnel

당신들의 눈에 내가 어떻게 보일지 알고 있다. 비가 오는 날 나타나, 허공에 시선을 두고 자주 혼잣말을 하는 나는, 당신들 눈에 미친 사람일 것이다. 내가 그렇게 보인다면, 당신은 나의 영향 아래 아주 잘 있다는 증거이다.

비가 왔다가 날이 개면, 나는 임무를 수행하기 위해 밖으로 나간다. 그런 날엔 종일 카페나 식당을 돌아다닌다. 학교에도 가고, 사무실이나, 지하철역에도 간다. 지하철이나 버스에서는 사람들이 앉았다 내리는 자리를 뚫어져라 주시한다. 그러다 그들이 놓고 내리는 우산을 거둬들이는 것이다.

사람들은 잃어버린 우산이 어디로 갔을까 의아해하는데, 이 자리를 빌어 말하겠다. 이십일 세기에는 모든 정보가 공개되는 게 마땅하다고 생각하므로. 나와 같은 자들은 당신들이 두고 간 우산을 수집하러 다닌다. 그 우산을 가지고 내가 무엇을 하는지, 그 이야기를 들려주겠다.

서울에 몇 개 남지 않은 지하도가 있다. 지하철과 연결되지 않은, 오직 길을 건너기 위해 만들어진 지하도의 천장에는 아주 작은 틈이 있다. 그 틈으로 우리는 우산을 밀어넣는다. 그 틈은 다른 차원으로 연결되는 통로다. 당신이 잃어버린 우산을 내가 저 세계 너머로 보내는 것은, 비이성의 비로부터 당신들을 지켜 주기 위해서라는 것을 알아 줬으면 한다.

가끔 당신이 바보 같은 생각을 입 밖에 꺼내 버렸거나, 하루 종일 회사에서 실수를 하는 것은 내가 미처 비이성의 비를 막아 줄 우산을 그 틈으로 밀어 넣지 못했기 때문이다. 안타깝게도 나와 같은 천사도, 우산을 밀어 넣을 세상의 틈도 점점 사라지고 있다.

하늘에서 천사가 내려오지 않은 지 백 년이 더 되었으며, 오래 전부터 지상에 있던 천사들은 병들어 죽었다. 세상에 비이성적이고 바보 같은 일들이 더 많이 발생하는 것은 그런 이유에서이다. 하지만 나는 믿는다. 신께서 더 많은 천사를 내려 보낼 방법을 찾고 계실 거라고.

그러니까 이제 당신은 우산을 잃어버렸다고 해서 상심하지 마라. 그 우산은 당신의 머리 위에 쏟아질 비이성의 비를 막는 방패가 되어 줄 것이다. 하늘을 보라. 보이진 않겠지만 당신을 보호하는 무언가가 거기 있다는 사실을 상기하는 것만으로도 도움이 될 것이다. 이제 곧 또 다른 천사들이 지상에 내려올 준비를 하고 있을 것이니, 부디 희망을 놓지 말기를 바란다.

5. 재능에 대하여

Martha

몇 번이나 환생을 하여 이곳에 도착했던가. 나는 나의 모든 생을 기억한다. 그 이야기를 들려주겠다.

* * *

나는 부처의 시대에 첫 생을 받았다. 불가촉천민으로 태어난 나는 그 시대 많은 이들이 그랬듯, 살아도 사는 것이 아니었다. 비루한 어린 시절을 보냈고, 스물네 살에 전쟁터에서 죽었다.

그 후 나는 다시 생을 받아 유럽 영주의 아들로 태어났다. 신분이 바뀌었지만 나의 명은 역시 길지 않았다. 성(城)을 지키기 위한 전쟁에서 아버지 대신 전사한 것이다. 그때의 죽음이 지금의 나를 만들었다고 해야 할 것 같다. 죽는 순간 내 귀에 들려오던 멜로디가 있었다. 누군가 죽어 가는 나를 위해 휘파람을 불어 주었다. 그것이 장송곡이었는지, 찬송가 중 하나였는지 모르겠다. 죽는 순간 내 귀에 박힌 음악 덕분에 깊은 평안을 얻을 수 있었다. 그 선율은 천상에 내 영혼이 닿을 수 있도록 해주는 듯했다.

다음 생에 남미 지역의 노예로 태어난 나는, 노래를 아주 잘했다. 노래를 하는 것으로는 성이 차지 않았다. 고양된 느낌을 발전시키고 싶었고, 음악이 한 인간을 무한의 세계로 데려다 놓을 수 있는 그런 노래를 부르고 싶었다. 그러나 그때 나는 할 수 있는 것이 없었다.

인간이 고통스러울 정도의 노동을 하면, 내부의 고양된 느낌은 점점 사라지게 된다. 밥을 먹고, 잠을 자는 것 이외에 원하는 것이 없게 되고, 어느 날은 차라리 죽고 싶다는 생각을 하고 만다. 그렇다. 나는 죽었다. 매일 일하던 수수밭에서 스스로 목숨을 끊었다. 나는 다만 사라지고 싶었다. 그때 내 귀에는 아무런 노래도 들리지 않았다. 절망과 허무에 휩싸여 내가 질러대는 비명 말고는 아무런 소리도 들리지 않았다. 음악이 없는 곳은 아마 지옥이리라.

다시 태어났을 때 나는 내가 커다란 짐을 받게 되었다는 것을 알게 되었다. 천 년 전, 내 귀에 들려오던 그 음악을 스스로 만들어 내야 할 의무를 지고 태어난 것이다. 나이가 들면서 천 년의 기억은 점점 더 선명해졌으므로, 정진

하지 않을 수 없었다. 스스로를 구원해야 하는 의무를 부여받았으므로, 계속해서 반복하고 반복해야만 했다. 재능이란 고통을 내 몸에 새기는 일을 잘 견디어 내는 능력이었다.

만일, 재능이 있다고 믿고 싶은 사람이 있다면 그 일을 계속해야만 한다. 당신에게 주어진 의무를 깨닫고, 당신이 닿지 못한 높은 영역에 가닿기 위해 노력하라. 오직 스스로가 부여한 그 의무를 위해, 평생을 갈고 닦는다면 당신에게는 재능이 있다.

지속하라. 이번 생이 실패했다고 느낀다면, 나의 천 년을 기억하라. 당신의 삶은 이번 생만을 의미하진 않는다.

계속해 나아가라. 버티고 버텨라. 그 의무를 행하라. 반복하고 몸에 새겨라. 그러면서 스스로를 구원하라. 그 과정의 삶이 재능이다.

- 'Martha'는 피아니스트 마르타 아르헤리치(Martha Argerich)의 사진을 모티브로 그린 것입니다.

6. 세상의 막

Wasting Time

오늘의 일과를 말할게. 일곱 시 반에 일어나서 아홉 시에 아르바이트를 하러 갔어. 서점에서 여덟 시간 동안 일을 했어. 하루 종일 책을 꽂고 사람들에게 책을 찾아 줘. 박스를 나르기도 하고, 재고 정리를 하거나 비어 있는 책들을 다시 넣어 놓기도 해. 책은 정말 많고 사람들은 하루 종일 책을 찾기 때문에 어떻게 시간이 가는지 모르겠어.

학교는 안 다니냐고? 휴학한 지 이 년째야. 학비를 벌어야 해서 시작한 일이니까 다시 학교로 돌아가긴 해야겠지. 졸업을 하고, 취직도 해야 하니까. 하지만 좋은 회사에 갈 수 있을까. 딱히 하고 싶은 일도 없고, 가고 싶은 회사도 없다면 이상한 걸까. 꿈을 꾸고 무언가를 원하는 사람들 사이에 있으면 나 혼자 바보가 된 기분이야. 많이 뒤처지고 어딘가 부족한 사람인 것 같아 슬그머니 그 자리를 피하게 돼.

이곳에 앉아서 책을 읽거나 커피를 마시고 샌드위치를 먹는 일은 내가 좋아하는 일이야. 원룸에서는 이렇게 앉아서 무언가를 오래 할 수가 없어. 좁고, 숨이 막히거든. 어렵게 번 돈을 왜 카페에서 쓰고 다니느냐고 묻는 사람들도 있어. 자기가 하고 싶은 일을 할 수 있는 최적의 장소가 있는 사람은 이해할 수 없겠지. 그런 사람에게는 『위대한 개츠비』의 첫 구절을 읊어 주고 싶어. 〈내가 지금보다 어리고 유약하던 시절, 아버지가 내게 말씀하신 충고를 나는 지금까지 되새기곤 한다. 누군가를 비판하고 싶거든 모든 사람이 너와 같은 조건에 있지 않다는 것을 잊지 마라.〉

여기에선 책을 오래 읽을 수도 있고 글을 쓸 수도 있잖아. 그리고 정말 중요한 건, 내가 세상에 속한 기분이 든다는 점이야. 린 마굴리스라는 생물학자가 말했대. 생명은 외부로부터 자신을 지키고 유지하되 세상과 소통할 수 있는 막을 가지고 있다고.

인간의 사회생활도 비슷하단 생각이 들어. 나란 사람이 정체성을 가지기 위해선 내가 이 세상에 속해 있다는 사실을 알아야 해. 카페라는 공간은, 예를 들면 그런 거야. 점점 뒤처지고 아무것도 아닌 사람이 되어 가는 기분이지만 그래도 나는 이곳에 속해 있거든. 아무도 내게 말을 걸지 않고 아무도 내게 관심을 주지 않아도, 딱 그 정도의 소속감이라면 나는 내가 좋아하는 이 일, 책을 읽고 글을 쓰는 일을 지속할 수 있을 것 같아. 나는 아무것도 아니고, 할 수 있는 것은 앉아서 글을 읽고 쓰는 것뿐인데 내 마음이 어디까지 나아갈 수 있을지 모르겠어. 그래도 나는 바라고 있어. 내가 쓰는 이 글이 투명한 세상의 막을 통과하고 통과해서 멀리까지 가닿기를.

7. 죽고 난 뒤의 러닝 타임

Old Theater

화면 속 나는 지금 자고 있어. 원래 잠이 많은 건 알고 있었지만 저건 많아도 너무 많군. 계속해서 자고 있다고. 곧 일어나겠지 싶은데, 여태 안 일어났어. 어, 이제 일어났군. 이제 샤워를 하고, 밥도 안 먹고 친구를 만나러 나가. 쓸데없는 짓을 저렇게 많이 한 줄은 꿈에도 몰랐어.

이제 이십 년이 지났으니까, 오십 년은 더 흘러야 이 영화도 끝이 나겠지. 살짝 지루하고 조금 고역이야. 이십 대는 그리 좋지 않던 시기거든. 저 시기에 내게 어떤 일이 일어날 줄 알고 있으니까 화면 보기가 힘들군. 하지만 조금 기특하기도 해. 내가 저렇게 오래 잠을 자거나 밖을 싸돌아다니는 건 저 시기를 잘 건너기 위한 자구책이었거든. 생각을 비우고 감정을 지우기 위한 가장 좋은 방법은 저렇게 잠을 자거나 무작정 걷고 또 걷는 일이니까.

저 시기를 넘기면 나는 조금 편안해져. 하지만 내게 끝까지 남겨진 그 무게는 사라지지 않겠지. 그 무게라는 건 애초에 내가 태어날 때부터 짊어진 거더군. 사람마다 타고난 기질이 있다는 걸 삼십 대가 된 후에야 알게 됐어. 모든 걸 너무 늦게 깨달았나 싶은데, 그것 역시도 나라는 사람의 특성이라는 걸 이제는 알겠어. 후회도, 인정도, 깨달음도 언제나 조금 늦은 것 같지만 어쩌겠어. 그래도 그걸 어떻게든 극복해 보려고 삼사십 대에는 노력했던 거 같아. 어느 시기에는 책을 미친 듯이 읽고 있고, 어느 시기엔 영화를 미친 듯이 보고 있거든. 나는 저 시기가 마음에 들어. 사람들 속에서 힘든 일을 겪고 울기도 하지만 말야. 아, 울지 않았으면 좋겠는데……. 울면, 나는 못생겨지거든. 사십 대에는 그걸 깨닫고 좀 덜 울게 되었어. 아주 현명한 일이었지.

죽고 난 뒤에야 알게 됐어. 천국이나 지옥 같은 건 없다는 걸. 그냥 관에 들어가서 상영되는 내 인생을 봐야 해. 팔십 년을 살았다면 팔십 년을, 이십 년을 살았다면 이십 년을 봐. 그걸 다 보고 나서야 나는 소멸할 수 있어. 그러니까 죽고 난 뒤에 모두 끝나는 게 아니라, 내 인생을 처음부터 끝까지 보면서 인생에 대한 평가를 오직 나 스스로 내리게 되는 거지. 그 결과가 좋거나 나쁘다고 해서 천국이나 지옥에 가는 건 아니야. 그 평가를 내린 후에야 비로소 소멸하는 것뿐이지.

어라, 중년 이후 시간은 정말 빠르게 흐르는군. 벌써 아픈 곳이 있는 나이가 되었어. 예전보다 더 자주 병원에 다니게 되었지. 생각보다 시간이 빨리 지나가고 있어. 이러다 곧 소멸하겠어. 내 인생의 러닝 타임이 끝나 간다고.

화면 속 내 인생은 이제 막바지야.

그런 생각이 들어. 다시 한 번 생을 살아간다면, 죽고 난 뒤에 혼자서 봐야 할 내 인생의 러닝 타임을 고려해서 조금 다르게 살아볼 수도 있을 것 같아. 하지만 뭐, 후회도 인생의 일부라는 걸 또 깨닫게 되네.

중요한 건, 인생의 러닝 타임을 즐길 수 있는 사람은 오직 나뿐이라는 거야. 남이 아니라 스스로가 보고 싶은 인생을 생각해야 한다고. 그런 인생을 살아가야 해. 이게 죽은 사람이 할 수 있는 유일한 충고야. 어, 내 인생이 거의 끝이 나네.

안녕, 모두 잘 지내라고.

- '죽고 난 뒤의 러닝 타임'은 고레에다 히로카즈 감독의 영화 〈원더풀 라이프〉 (After Life, 1998)에서 모티브를 얻었습니다.

후기

그림을 그리고 나서

일반적으로 글과 일러스트가 같이 있을 경우, 일러스트의 역할은 문장을 보완하기 위한 목적일 때가 대부분입니다. 하지만 『꿈에 찾아와 줘』, 〈일러스트 마이크로 픽션〉에 실린 일러스트는 특별한 용처 없이 그려졌습니다. 오래 다녔던 직장을 퇴사한 후 방에서 혼자 그때그때 떠오르는 이미지를 그려 냈고, 목적이 없었기에 그림에 대한 스토리는 오직 저 혼자만 간직하고 있었습니다.

하지만 그림들이 송주 작가님의 시각으로 해석되고 글로 구체화된 후에는 독자들과 그림을 보는 일관된 시각을 공유할 수 있게 된 것 같습니다. 분명 제가 그린 그림인데, 그림으로만 존재했을 때와는 달리 마이크로 픽션으로 묘사되고 나니 더 또렷하게 보였습니다. 그림 속에 저만 알겠지, 싶게 심어 놓은 디테일을 포착하여 스토리를 전개하기도 하고, '아니 이게 이렇게 해석돼?' 싶게 기발한 관점도 재미있었습니다.

그림의 의도와는 다르게 해석된 부분도 있었지만 이런 차이가 발생함으로 인해 스토리는 더 풍부해지고 예상치 못한 재미도 생긴 것 같습니다. 하지만 신기하게도 대부분의 그림에서 그림을 그릴 때 가졌던 저의 감정선이 글에 잘 녹아 있어서 무척 놀랐습니다. 한 예로, 'Nap

Time(「꿈에 찾아와 줘」)'의 배경은 카페가 아닌 집이며, 당시 개인적으로 겪었던 상실감을 떠올리며 그린 그림인데 짜 맞추기라도 한 듯 글과 그림의 감정선이 일치했습니다.

이렇게 작업 과정에 대해 상세히 설명드리는 이유는 이 책을 읽으시는 분들께서 최대치의 즐거움을 얻으셨으면 하는 바람 때문입니다.

아무쪼록 이 책을 읽는 것이 즐거운 경험이 되셨으면 좋겠습니다.

권아림 드림

글을 쓰고 나서

작업의 시작은 아림 작가의 일러스트 한 장에서부터였습니다. 그 일러스트를 본 후 문득 이야기 한 편이 떠올랐고 그것을 글로 남겼습니다. 그 이야기가 「꿈에 찾아와 줘」 입니다.

그림에는 한 여성이 테이블 위에 엎드려 있습니다. 주인공이 있는 공간이 비교적 아늑한 카페였기 때문에 (공간이 카페였다는 것은 저의 착각이었습니다만, 아림 작가님은 그 착각이 재미있다고 생각해 그냥 놔두었다고 합니다.) 로맨틱하거나 편안한 이야기가 먼저 떠올랐습니다. 그러나 주인공의 찡그린 표정이 신경이 쓰였습니다. 꿈속에서 누군가를 만났지만 마냥 좋아할 수 없으며, 꿈에서 깨어나도 결코 편하지만은 않은 상황이 있을 거라 상상했습니다. 꿈에서 만난 사람은 현실에서 만날 수 없는 사람일 것 같았고, 그 상황에 장르적 상상을 더했습니다. 물론 이 픽션에서는 상황을 짐작할 수 있는 핵심 단어인 '좀비'는 사용하지 않았습니다. 그러는 편이 독자들에게 더 풍부한 독서 경험을 줄 수 있을 거라 판단했기 때문입니다.

『꿈에 찾아와 줘』, 〈일러스트 마이크로 픽션〉의 작

업을 통해 일러스트와 마이크로 픽션의 형식이 결합되었을 때, 짧은 이야기로도 깊이 있는 내용이 담길 수 있다는 가능성을 확인할 수 있었습니다. 또 작업을 하면서 이야기를 압축해 전달하는 과정이 무척 재미있었습니다. 그러나 『꿈에 찾아와 줘』, 〈일러스트 마이크로 픽션〉이 흥미롭게 읽혔다면 그 이유는 일러스트 때문이라고 생각합니다. 이 픽션들은 모두 일러스트가 촉발시킨 세계이기 때문입니다. 더불어 『꿈에 찾아와 줘』, 〈일러스트 마이크로 픽션〉을 재미있게 즐겨 주신 분들이 두 가지 형식의 결합을 더욱 다채롭게 만들어 줄 것을 확신합니다.

마이크로 픽션을 쓰며 저 스스로 무척 즐거운 경험을 했습니다. 이 책을 읽는 분들도 그랬으면 좋겠습니다.

박송주 드림

일러스트 마이크로 픽션

꿈에
찾아와 줘

발행일   2020년 11월 17일 초판 1쇄

지은이   권아림(그림), 박송주(글)
펴낸이   최윤영
펴낸곳   책봇에디스코
주간   박혜선

디자인   허희향 eyyy.design

출판등록   2020년 7월 22일 제2020-000116호
전화   02-6397-5302
팩스   02-6397-5306
이메일   ediscobook@gmail.com
인스타그램   www.instagram.com/ediscobook
페이스북   www.facebook.com/edisco.book.1

(C) 권아림, 박송주 2020

ISBN 979.11.971270.2.1 (03810)